BOURBOUSSON

LE QUARTIER LATIN

OU

LA PHILOSOPHIE D'ARTHUR DUVAL

ÉTUDIANT

QUAND ON A VINGT ANS

PAR J. DARCIER

BAR-LE-DUC

IMPRIMERIE DE Mme E. LAGUERRE

RUE ROUSSEAU, 18

1859

BOURBOUSSON

—

LE QUARTIER LATIN

—

QUAND ON A VINGT ANS

Imprimerie de Madame Laguerre, à Bar-le-Duc.

BOURBOUSSON

LE QUARTIER LATIN

OU

LA PHILOSOPHIE D'ARTHUR DUVAL

ÉTUDIANT

QUAND ON A VINGT ANS

PAR J. DARCIER

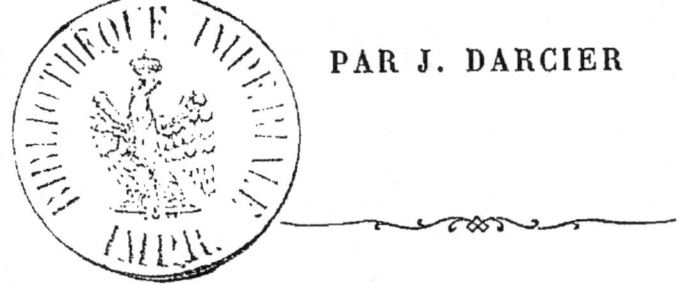

BAR-LE-DUC

IMPRIMERIE DE Mme E. LAGUERRE

Rue Rousseau, 18

1859

BOURBOUSSON.

PRÉFACE.

———

AUX LECTEURS.

——

LANTERNE MAGIQUE! PIÈCES CURIEUSES.

Ceci, Messieurs, avec l'assentiment du Maire
Et de l'autorité civile et militaire
Doit vous représenter..... Est-ce le Paradis,
Le Soleil et la Lune, Adam ou Charles-Dix

Me direz-vous en chœur?—Non, Messieurs, non, Mesdames.

Est-ce Balaclava, Sébastopol en flammes,

La Saint-Barthélemy, le grand Napoléon,

La vente de Joseph, la prise de Mahon,

Henri-Quatre au Pont-Neuf, sur son cheval de bronze,

Le compère Tristan et le roi Louis-Onze?

Non, Messieurs; les portraits, ici représentés,

Sont portraits de ce temps, et je les ai flattés!

BOURBOUSSON.

PROLOGUE.

Aspect physique de la ville de Bourbousson.

En deux quartiers la ville est partagée :
La cité d'autrefois sur la roche perchée
　　Montre ses tours, ses gothiques manoirs,
Des restes de remparts lézardés et tout noirs ;

La cité d'aujourd'hui respirant avec peine

Dans l'enceinte de pierre et préférant la plaine

Va cherchant le grand air et sème ses maisons

Le long de boulevards aux lointains horizons.

Bourbousson a caserne, préfecture,

Temples, prisons, théâtre en miniature,

Dix médecins, seize mille habitants,

Cent magasins et cent nids de cancans !

PORTRAITS.

Aspect moral de Bourbousson. — Profils de quelques habitants.

———

La noblesse du crû, rancuneuse, obstinée,

Hait le gouvernement, vit sous la cheminée,

S'abonne à la gazette, au clergé tend la main,

Imite à Bourbousson le faubourg Saint-Germain,

Et, l'esprit affolé des douceurs d'un autre âge,

Pleure le droit de chasse et le droit de cuissage,

Les administrateurs à l'homme du Pouvoir,

Font leur cour adoptant sa manière de voir.

. . . .

. . . .

Et comme à Bourbousson, d'après la loi commune,

Il n'est pas un mortel content de sa fortune,

C'est à qui du Préfet se fera bien noter,

Pour qu'aux meilleurs emplois il puisse, un jour, monter.

Les banquiers, fabricants et gros propriétaires,

Médecins, avoués, avocats et notaires,

Le marchand enrichi, l'officier retraité

Sont au troisième rang dans la société.

Jacque invite grand monde à sa table frugale,

Et le monde s'éloigne avec une fringale,

Merlin donne deux bals et soupers éclatants,

Mais le carême il fait tout le reste du temps;

Voici madame P***. Sa brillante toilette

Coûte au pauvre mari les deux yeux de la tête,

Tandis que le digne homme, à bout d'expédients,

Porte, les jours de fête, un habit de dix ans;

Puis c'est monsieur de T***, surnommé l'homme-office,

L'homme à qui l'on s'adresse et pour bonne et nourrice,

Et qui, trottant, soufflant, fait, défait et refait

Dix fois un mariage, officieux parfait;

Et les grands airs de Q***, une façon de cuistre,

Singeant le grand seigneur et tranchant du ministre :

Parce que ce Monsieur écrit son nom au bas

Des articles de fond qu'il ne lit même pas!

Légiste distingué, d'équitable nature,

Comme on en voit souvent dans la magistrature,

Tel est le président qui siége au tribunal...

Ce monsieur si bruyant et d'aspect martial,

Aux cheveux coupés court, à la longue moustache,

Qui jure par son sabre ou bien par sa cravache,

Vous donne ses saluts d'un air si cavalier,

Et portant le col noir, pose pour le troupier

Vendait jadis du sel : c'est le brave Sosthène,

Un des fiers officiers de la milice urbaine :

Et ses concitoyens lui viennent d'accorder

Six cents soldats de plomb qu'il pourra commander!

Ce gros bourgeois drapé dans sa lourde importance,

Qui marche avec lenteur et parle avec jactance,

Vous fait à tous propos le compte de ses biens

Et d'un ton théâtral vous débite des riens;

Ce parvenu grotesque et dans le fond bon homme,

Ce type du bourgeois enrichi, c'est Prud'homme !

Mais, dira le lecteur : vous sautez à pieds joints

Par dessus le Conseil et messieurs les adjoints ;

Apprenez donc qu'il est contre et pour la mairie,

Contre et pour le clergé plus d'une coterie ;

Qu'il est à Bourbousson maintes sociétés

Où sciences, beaux-arts doivent être traités

À l'instar de Paris, mais où les secrétaires

Pour unique travail signent des circulaires ;

Sachez que bien souvent l'alignement fût fait

Afin qu'un gros bonnet demeurât satisfait ;

Que Mons Prud'homme a pu conserver dans la rue

Et perron dangereux et trappe vermoulue,

Tandis qu'on en privait son modeste voisin,

S'il n'était d'un puissant ou client ou cousin !

C'est vrai, très-vrai, lecteur. Mais je ne puis redire

Ces cancans d'autrefois ; ils frisent la satire

Et me feraient noter de fâcheuse façon

Par les autorités trônant à Bourbousson.

XXX.

Notre héros fait son entrée à Bourbousson.

———

Des cancans ! Des cancans !
X***.

Arthur est brun , Messieurs , et compte vingt-six ans
Dont quatorze employés à raboter les bancs.
Il ne fut pas par trop tapageur à l'école ,
Même il a travaillé , — je le crois sur parole , —
Quinze jours sur un mois ! À ce compte, d'honneur
Il eut loyalement son bonnet de Docteur.

Sur ce, sa thèse en poche, et ses dettes payées,
Le cerveau tout rempli de joyeuses idées,
Muni de peu d'argent, mais voulant en gagner,
Il entre dans la ville où fort il doit saigner,
Purger, guérir, tuer au nom de la science :
Qu'il se couche, il est tard ! bonne nuit, bonne chance !

Aussitôt son réveil, il parcourt les quartiers,
Bourbousson lui paraît tout peuplé de rentiers ;
La huitième heure sonne, à peine on se remue,
De rares magasins sont dans la grande rue ;
Il y trouve deux chiens, acharnés combattants,
Pour un os de la veille, et trois, quatre habitants ;
Le guide le conduit à la plus vieille église,
Puis aux pans déchirés d'une muraille grise,
Restes des vieux remparts, enfin au camp romain :
Il met, pour tout bien voir, quatre heures, montre en main !

Et, tandis qu'il marchait, à plus d'une fenêtre

Bien des regards braqués cherchaient à le connaître ;

Il venait de passer, il n'était qu'à vingt pas,

Déjà mainte matrone aux robustes appas

Fièrement se campait sur le seuil de sa porte :

— Connaissez-vous ce brun, Madame Delaporte ?

—Non, ma voisine; et vous?—Pas plus que vous, mon Dieu !

Mais c'est un étranger ; car je vois mon neveu,

Robertin, qui le mène à l'Hôtel du Sauvage.

— Il n'est pas mal taillé; mais quel pâle visage !

— C'est selon ; pour ma part je le trouve maigret.

— À son âge, mieux vaut être ainsi que replet.

Ah, mais voici venir la femme du Sauvage.

— Bonjour, vous allez bien ? Vous regardiez, je gage,

Ce voyageur. Comment le trouvez-vous ? — Pas mal.

— Il arrive d'hier, il s'appelle Duval

Et s'établit ici docteur en médecine.

— Nous en avons déjà plus qu'il ne faut, voisine.

— Il en sait long, je crois. — Il crèvera de faim,
Rappelez-vous de çà ; car le docteur Rufin
Et le docteur Purgon ne sont pas de nature
À lui laisser gagner même sa nourriture.
— Alors il soignera les clients de l'hôtel.
— S'il doit vivre par eux, c'est un pauvre mortel !
— Je vous quitte, pardon ! mon mari me rappelle.
— Et moi je vais au mien recoudre une bretelle.

Ainsi, ce cher Arthur, à peine débarqué,
Se trouve, à son début, par le monde attaqué.
Qu'il ne soit pas surpris des regards qu'on lui lance,
Un public scrutateur le surveille en silence,
Commente son allure et compte tous ses pas ;
Le garçon de l'hôtel, pour le premier repas,
Incruste dans sa tête, observant sa consigne,
Le plus menu propos et le plus léger signe.

Si notre docteur croit que le temps est trop long,

Passons du jour au soir : au centre d'un salon,

C'est-à-dire une chambre assez grande et très-nue,

Se trouve un homme avec une fille ingénue,

Flanqué de son épouse et d'amis tous assis

Près d'un plateau chargé de verres de cassis :

C'est le grand salon vert du grand Monsieur Sosthène,

De la garde civique illustre capitaine !

Sa fille raide et sèche ainsi qu'un baliveau

N'osant lever les yeux débrouille un écheveau

Près de bonne maman dont les robustes charmes

Ont près de son mari moins d'attraits que les armes.

Les amis, gens charmants, valent vrais Adonis,

La maman, le papa, la fille réunis !

— Votre cassis est bon et très-hygiénique

En raison, dit l'un d'eux, de son doux calorique.

Prud'homme ajoute : Il est d'un excellent parfum,

C'est mon avis, Madame, et l'avis de chacun.

— De grâce ! — On n'en fait pas de comparable en ville,

On le reconnaîtrait par son goût entre mille.

— À propos, qui de vous a vu Monsieur Duval ?

Reprend l'amphytrion sur un ton guttural ;

Puis, regardant Albine : Allez voir à l'office.

Sa fille étant partie, il dit avec malice :

On ne peut pas causer en face des enfants !

(Albine, cher Arthur, n'a que vingt-huit printemps !)

— Beaudricourt l'a conduit au Cercle, chez le Maire,

Chez Monsieur le Préfet et chez un sien confrère.

— Il débute fort bien, c'est mon opinion,

Si Monsieur Beaudricourt se fait son chaperon.

— Comment l'a-t-on trouvé ? — D'un air assez maussade.

Il parle en grasseyant d'une manière fade,

Et puis, je n'aime pas le stupide lorgnon

Qu'il met au coin de l'œil par affectation.

— Je déteste ce genre, et vous ? — Çà me taquine !

— Est-il grand, est-il gros ? Parlez-moi de sa mine.

— À dire vrai, Madame, il n'est ni beau, ni laid.

Il a jambes et bras : c'est un homme complet !

— Du moins, il est garçon ? A-t-il de la fortune ?

— D'après ce qu'on raconte, il n'en possède aucune,

Et reste à marier : voilà le bruit qui court.

— Nous le saurons bientôt de Monsieur Beaudricourt.

— On parlait cependant de mille francs de rente.

— En capital à moi l'on avait dit quarante.

— Ce n'est pas le Pérou ! — Madame, tant s'en faut,

Et s'il n'a plus d'argent c'est un vilain défaut.

— Néanmoins, à bien prendre, il a de la science ;

Son titre de docteur pèse dans la balance,

Et, s'il pouvait trouver femme dans Bourbousson,

Il se présenterait d'une bonne façon.

— Femme à trouver, mon cher, n'est pas chose facile.

— Ce n'est pas rare fruit pourtant en notre ville !

Sans parler de Laura, fille de l'épicier,

Dot bien ronde, ma foi ! de Gertrude Mercier,

N'avons-nous pas aussi la petite à Pacôme

Avec cent mille francs que lui fait le digne homme?

— Holà! c'est un gâteau qui n'est pas pour sa dent,

Et, d'ailleurs, vous savez qu'elle a son prétendant.

— Qu'il cherche, il trouvera. Nous possédons des filles

À marier qui sont avenantes, gentilles!

Vous le voyez, Arthur, dans la rue, au salon

Tout seul vous défrayez la conversation;

Ce que l'on dit de vous, on l'a dit de vingt autres;

Leurs rentes, leurs travers, leurs vertus sont les vôtres!

XV.

Conseils de Beaudricourt. — Arthur comprend que la science
ne suffit pas pour réussir.

———

Ça, choissisez parmi ces vieux régalias,

Si la pipe pour vous, docteur, a plus d'appas

À votre aise prenez; j'adore la fumée

Que je lance au plafond bleuâtre et parfumée;

Fumer est un défaut, mais un défaut charmant,

Qui déjà m'a donné plus d'un heureux moment.

Vous êtes, je le vois, surpris de ce langage :

Ce vieillard, pensez-vous, a du bon pour son âge !

Comme vous je fus jeune et j'eus un beau printemps,

L'hiver est arrivé, j'ai les cheveux tout blancs ;

Gai j'étais, gai je suis ! La vieillesse, qu'importe !

Pour elle faudrait-il consigner à la porte

Les souvenirs passés et faire le grondeur ?

Pour ma santé cela ne vaudrait rien, docteur.

Un de mes vieux amis à moi vous recommande,

Je suis vôtre et ferai tout ce qu'il me demande ;

Jadis, à mon début, j'eus besoin de bonté

J'en aurai donc pour vous et pour la Faculté !

— Ce cognac avec vous ferait bien connaissance :

Je bois, fils d'Esculape, à votre heureuse chance !

Ce sera difficile, il est plus d'un écueil,

Car le neuf en province est vu d'un mauvais œil ;

Des erreurs du métier je parle par mémoire,

Ce n'est qu'en se trompant qu'on arrive à la gloire ;

Mais, dès l'abord, je vois vos confrères jaloux.

Allons ! soyez tranquille, ils ne le sont pas tous,

Quoi qu'on dise, et Narveux, médecin respectable,

Aux jeunes débutants se montre favorable.

— À propos, avez-vous, en fait d'opinion,

Pour tel ou tel parti de l'inclination ?

C'est là mon second mais !... Chut ! gardez le silence,

Songez que je ne veux aucune confidence,

On est libre d'aimer, et penser est un droit,

Aimez la république, ou bien aimez le roi :

Je ne vous dirai rien. N'êtes-vous pas un homme

Fait pour la liberté, fille du ciel ! Mais comme,

De par la Faculté, vous êtes médecin,

Que des rouges, des blancs, vous êtes l'assassin,

Tuant légalement, en vertu du diplôme,

Le médecin chez vous doit passer avant l'homme ;

Soyez donc pour Louis, ou tenez pour Velpeau,

Mais jamais au début n'ayez d'autre drapeau !

Êtes-vous rimailleur ? Mettez dans votre poche

Cette ardeur pour les vers bonne pour la Bazoche !

Dans vos goûts entre-t-il de vouloir composer ?

Sur votre art écrivez, cela peut vous poser,

Mais alors prenez garde ! une nouvelle embûche,

Aux cases d'un journal traîtreusement se huche,

À Bourbousson, il est plus d'une opinion,

On est Conservateur, de l'Opposition,

Rien du tout bien souvent ! On se hait, se déchire,

O travers ! quand ensemble on devrait vivre et rire ;

Or, chaque camp rival possède son journal

Et compte dix Tacite et quinze Juvénal,

Sans les enfants perdus dont la novice plume

Frappe aussi lourdement qu'un marteau sur l'enclume ;

L'esprit français n'y brille, hélas ! que rarement,

En langage barbare on y parle crûment,

Et, lorsqu'avec finesse on croit berner un homme,

C'est à coup de massue ou de poing qu'on l'assomme.

Vous aurez à choisir, Docteur, et retiendrez
Que votre sort dépend de ce que vous ferez.

. . . .

. . . .

Pour le premier journal, l'Annonce officielle
Et des Conservateurs la grosse clientèle ;
Jamais pour le second une place au Festin,
On le laisse dehors, sans le moindre fretin !
Opter pour celui-ci, c'est vous montrer hostile
À Prud'homme, à Sosthène, aux bourgeois de la ville ;
C'est être libéral, esprit faux, libertin,
Comme on n'en vit jamais dans le Quartier Latin ;
Mais collaborateur de la feuille de l'Ordre
À l'aise vous pourrez vos adversaires mordre ;
Les honneurs vous suivront, vous aurez de l'esprit,
On trouvera du goût dans votre moindre écrit ;

Aux banquets du Pouvoir vous aurez une place

Et clientèle enfin dans la meilleure classe !

J'ai dit. Si vous voulez ne pas vous exposer,

Vous ferez sagement de ne pas composer.

Bien assez avez-vous d'obstacles à combattre,

Et que de préjugés vous faudra-t-il abattre !

Vos confrères pour eux ont la longue amitié

De leurs nombreux clients et sont très-bien en pied ;

Puis vous êtes garçon, impardonnable crime !

Des maris trop jaloux, vous n'aurez pas l'estime.

Mais qu'à cela ne tienne, armé de mon fallot,

J'espère vous trouver et la femme et la dot ;

Pour cela vous devez paraître à tous un sage :

Ne goûte pas chez nous qui veut du mariage :

Dès à présent, Docteur, pour un gentil minois

Que votre œil soit éteint et votre cœur de bois ;

Gardez-vous de sortir sans la cravate blanche,

Sous un air froid cachez votre humeur gaie et franche,

Et surtout dans la rue évitez de fumer :

À ces conditions on pourra vous aimer,

Épouser ! Les parents de la femme charmée,

Peu à peu grossiront les rangs de votre armée,

Prôneront votre tact, rediront vos succès,

Et de bien des maisons vous donneront l'accès.

Mais tout cela, Docteur, ne suffit pas encore,

Il faut que du public l'intérêt vous dévore,

Ne jamais parler mal de notre édilité,

Trouver de l'à-propos à son moindre arrêté ;

Tel administrateur vous ennuie à son aise,

Pendant son speech diffus restez sur votre chaise,

Dût-il durer une heure, ayez l'air d'écouter,

Tout en le maudissant, ce sera le flatter ;

Tel autre chef, Nemrod aux lièvres redoutable,

Raconte ses exploits et comme un chasseur hable,

Répondez-lui : Taïau ! hallali ! Cerf dix-cors !

Et de la trompe aux bois vantez les doux accords ;

Un troisième, amateur de la belle nature,

Faisant des épinards, se croit fort en peinture;

Abondez dans son sens et poussez la noirceur

Jusqu'à trouver qu'il a la ligne et la couleur;

Un quatrième enfin, posant pour le classique,

Du grand siècle toujours fait le panégyrique,

Parlant à tous propos de tel ou tel auteur :

Avec lui demeurez bénévole auditeur.

Faites qu'à tous les bals et jeux l'on vous invite,

Aux hommes du Pouvoir souvent rendez visite,

À leurs femmes sachez tourner des compliments :

Leurs enfants sont-ils laids? Dites qu'ils sont charmants!

Pour le carlin grondeur aux pieds de sa maîtresse

Ayez toujours du sucre et plus d'une caresse;

Pour les filles au bal qui restent sur les bancs

Soyez prêt à fournir des jambes de vingt ans;

Aux dévotes parlez église et sachez taire

Votre incrédulité, partisan de Voltaire;

Accordez de l'esprit à leur fringant abbé ,

Dites que ses sermons prouvent par $A + B$:

En un mot, cher Docteur, si vous désirez plaire ,

Montrez-vous le second marquis de Létorière !

Notre héros assiste à la première soirée que donne M. Prudhomme.
— Ses impressions que nous reproduisons fidèlement.

———

À son poste est l'huissier : Prud'homme satisfait

Jette un dernier coup d'œil aux lustres, au buffet ;

Place la valetaille, exhorte la musique,

Se mire et cherche à prendre une pose artistique :

Puis, la main au gilet, arpentant à grands pas

Le petit salon vert et le salon lampas,

Attend ses invités. — Madame, sous les armes,

Exhibe, vrai magot, d'inexprimables charmes;

Sous les seins et la taille à grand'peine serrés

Sa jupe occupe au moins quatre mètres carrés,

Et le blanc prodigué sur sa pudique face

Couvre mal les rougeurs que jamais il n'efface.

Ah! bienheureux sont-ils! car ils vont recevoir.

Vingt ans à barbouiller sur le Doit et l'Avoir

Leur ont donné ce droit; le sucre et la chandelle,

L'anis et le café, les pruneaux, la cannelle

Se sont changés, miracle! en rentes sur l'État:

Prud'homme dans sa ville est presqu'un potentat!

Sans lui comment iraient et la garde civique

Et la société blago-philomathique,

La chambre de commerce et notre édilité?

Madame est du bureau dit de la Charité,

Elle va, deux fois l'an, quêter à domicile

Et, tous les mois, se rend à la salle d'asile!

Les honneurs, les grandeurs, ils ont tout à foison,

Ils sont bouffis d'orgueil à perdre la raison

Et n'osent, sans rougir, parler de chicorée :

Ah ! bienheureux sont-ils d'offrir une soirée !

On annonce Monsieur et Madame Ventoux

Avec leurs quatre enfants, filles, fils venus tous

Par le lourd omnibus ; puis Monsieur Florainville,

Habit bleu, vingt-six ans, et le coq de la ville ;

Des mères de famille avec un gros turban

Et de leurs héritiers le ban, l'arrière-ban ;

Les notabilités dans la magistrature ;

Puis maître Rapinaud, peintre en miniature ;

Un, deux, trois directeurs d'administrations

Avec leurs employés, leurs décorations ;

L'ingénieur des ponts, quelques clercs de notaires,

De pimpants officiers, de blonds surnuméraires

Et tout le personnel en gants blancs, habit noir,

Robe rose qu'on a l'habitude de voir

Dans les bals du Préfet ! Ce sont des accolades,

Des serrements de mains, des saluts, des roulades

Et des salamalecs à ne pas y tenir.

— On m'avait retenu, mais j'ai voulu venir.

— Que c'est donc bien à vous. — Mon cher Monsieur Prud'homme,

C'est parfait, ravissant ! (et plus loin : le digne homme

Aurait meilleure mine à tenir le pilon !)

— Très-chère, vous avez un splendide salon.

(Et tout bas : cela date au moins de sa grand'mère !)

Prud'homme se prodigue, on annonce le Maire :

— Eh quoi ! mon cher, tout seul ? — Au moment de partir,

Madame eut mal au point de ne pouvoir venir.

Rumeur sur tous les bancs, on chuchote, on commente ;

On a vu la Mairesse... où ? chez qui ? chez sa tante,

Madame de Bellac, et puis chez le Préfet.

À Madame Prud'homme est raconté le fait

Par une bonne amie. Elle est anéantie,

Comprenant de ce coup la portée inouïe;

Madame à son époux fait part de cet affront

Et Prud'homme à son tour sent le rouge à son front.

Il tremble. Le Préfet, le Chef de la finance

Et le Conservateur brillent par leur absence;

Ne viendraient-ils donc pas? Terrible anxiété,

Goutte de fiel mêlée à sa félicité!

La noblesse du crû fait défaut, et madame

Déplore amèrement dans le fond de son âme

Le dédain calculé de ces fiers hobereaux

Pour d'anciens fournisseurs qu'ils traitent de marauds.

Neuf heures ont sonné, la musique à la danse

Appelle la jeunesse et bientôt en cadence

Partent de tous côtés les Vestris de l'endroit;

On s'écrase les pieds, le salon est étroit;

L'atmosphère est très-lourde, on étouffe et l'on sue ;

Le quadrille n'est plus qu'une immense cohue ;

La crinoline tombe et l'énorme ballon

Piteusement s'allonge ainsi qu'un pantalon.

La jeune débutante, à l'air plus que modeste,

Sous les yeux des parents n'ose risquer un geste ;

Elle regarde à terre, elle brouille les pas,

Rougit, pâlit, ne sait que faire de ses bras ;

Son guide, à tout bien prendre, est dans un état pire,

Il voudrait lui causer, ne trouve rien, soupire :

— Quelle chaleur ici, Mademoiselle. — Ah oui.

— Quel temps épouvantable il a fait aujourd'hui.

— Un temps épouvantable ! — Un véritable orage.

On n'a guère de place. — Oui, Monsieur. — Il enrage

D'avoir jusqu'au galop cet atroce agrément ;

Demandez-lui : le bal ? il répondra : charmant !

Dans un coin réservé l'élite des lionnes

Et l'élite des beaux exhibent leurs personnes ;

Ce sont dires moqueurs, ou frivoles, ou doux ;

On parle d'un roman, on donne un rendez-vous ;

Madame X''' tout bas médit de sa voisine

Qui, dans le même temps, parle de sa lésine.

— Où prenez-vous vos fleurs ? elles sont à ravir,

Cher ange, il n'est que vous pour nous faire servir.

— Votre robe me plaît, elle est délicieuse.

— Cadeau de mon mari ! — Que vous êtes heureuse,

Le mien de l'imiter ne s'empressera pas,

Il est d'une avarice à trente-cinq carats !

— Je vous plains, si Robert..... Arrivez-donc, ma belle,

On dit qu'avec Louis vous vous montrez cruelle !

— Plus bas, je vous en prie, — On disait des horreurs,

Mais on n'en a rien cru, les dehors sont trompeurs,

Répondis-je bien haut !..... Que vous êtes jolie,

Chère madame Blanc, vous êtes embellie

Depuis le dernier bal donné par le Préfet.

— Et vos diamants, chère, ils sont d'un goût parfait !

— Vous nous quittez déjà ?.... Mon Dieu, quelle tournure,

Il n'est rien d'aussi drôle, excepté sa figure !

Devant un habit noir sept à huit employés

Viennent à tour de rôle et se tiennent pliés ;

Dans l'habit se prélasse un être lourd et bête,

Posant pour la finesse et pour la forte tête ;

Chacun de le flatter ; on le hait cependant,

On brigue sa faveur, on redoute sa dent ;

Il trône, il a sa cour, plus d'une créature :

Il signe le journal qu'écrit la Préfecture !

Des dandys étriqués, frisés, de bancs en bancs

S'en vont faisant la roue et, terribles forbans,

Décochent à l'oreille un tas de mots frivoles

Aussi décolletés que les blanches épaules

Des danseuses, objet de leur attention.

Les maris font le whist avec discrétion.

Ici, de bons bourgeois à la face rougie,

Fiers de leur liberté, croyant faire une orgie,

Avancent quelques sous et partent en pleurant,

Si par un sort contraire ils ont perte d'un franc.

Mais, plus loin, les joueurs, par bon ton, par nature,

Et du riche dandy la stupide doublure,

Lançant la pièce dor, doublant, triplant l'enjeu,

Suivent d'un œil ardent les angoisses du jeu ;

Là, tels commis pourvus de modestes emplois,

Risquant sur un seul coup leurs revenus d'un mois,

Le visage empourpré, la main toute fièvreuse,

Attendent veine bonne, ou veine malheureuse,

Passant du rouge au blanc, de la joie au chagrin,

Suivant que le hasard leur donne perte ou gain !

4

Retournons au salon où la valse commence,

Valse où ne règne pas la plus grande décence,

Valse peu convenable aux yeux de tout mari,

Qui craint d'être placé parmi ceux dont on rit ;

Valse pleine d'attrait pour l'homme dont la vue

Plonge de haut en bas sur la poitrine nue.

L'amphytrion surveille, attentif, gracieux,

Bouche en cœur ; à présent son front est radieux :

Au Préfet il a pu présenter ses hommages !

Il voit sur les plateaux fondre d'affreux orages.

Tout est dévalisé, car quelques invités

Adorent le bordeaux et les petits pâtés :

N'ont-ils pas fait les frais de gants plus ou moins paille,

Pour dix fois les payer avec la victuaille ?

Ils courent se heurtant comme des porte-faix,

Prennent tout ce qu'on offre, affreux vide-buffets,

Et, la bouche encor pleine, ont l'audace de dire

Que la faim les dévore et qu'on mange pour rire !

Ainsi, pauvre Prud'homme, on ne fait aucun cas

De ton aménité, de tes mille tracas ;

Tu n'es qu'un épicier enrichi qu'on déchire

Et tout dans ta personne éveille la satire ;

À ton honnête épouse on trouve un air commun

Que le tien seul égale ; à ce point que chacun

Se demande tous bas qui de vous deux l'emporte ;

Ce serait à jeter tous ces gens à la porte,

Si tu ne l'avais pas à bon droit mérité :

Dans quel affreux guêpier, mon cher, t'es-tu jeté !

Le métier de rieur est, crois-le, plus facile

Que celui de plastron devant toute une ville,

L'or, malgré son éclat, n'est pas tout ici-bas ;

S'il donne de l'aplomb, il n'accordera pas

Et ce goût, et ce ton, et cette aimable aisance,

Qui n'est point, comme on dit, un don de la naissance,

Mais un fruit délicat de l'éducation.

Puisse ce bal servir à ton instruction,

Exemple pour tous ceux dont abonde notre âge,

À qui l'obscurité sied mieux que l'étalage :

Car, tous comptes bien faits, ces ennuis imprévus

Te coûteront, Prud'homme, au moins cinq cents écus !

VI.

Où Beaudricourt prouve à Arthur qu'il n'est pas facile d'arriver
au Conseil municipal, et ce qu'est le dit Conseil.

———

Maître, pour le Conseil on m'a mis sur les rangs.

— Bravo ! vous connaissez, Docteur, le prix du temps ;

À peine comptez-vous un an de résidence...

— Pourquoi ce ton moqueur, ferais-je une imprudence ?

— Peuh ! — Pour moi, je n'y mets aucune ambition,

Mais je serais content de mon élection.

Sur vos lauriers futurs alors dormez tranquille,

Point ne serez nommé conseiller de la ville;

Vous n'avez pas de chance, et je le dis crûment,

Car je vous ai promis de parler franchement.

Vous êtes étranger, et c'est un mauvais titre;

On vous préfèrera du crû quelque belître

Bien épais et bien nul, dépourvu de bon sens,

Qui, chez le percepteur, doit payer un gros cens.

Au lieu du doctorat, si vous aviez des terres,

Si vous saviez flatter les désirs populaires,

Si, tenant en vos mains l'un et l'autre drapeau,

Vous donniez à chacun force coups de chapeau;

Si l'Opposition, ou si la Préfecture

Prônait, pendant huit jours, votre candidature,

Vous pourriez réussir, mais de vos vingt-sept ans

Grand crime on vous fera près de bien des votants !

— Pour vos concitoyens vous êtes trop sévère,

Vous les calomniez. — Je ne suis que sincère,

Et vous promets cent voix, triste minorité,

Dont on fera l'aumône à la capacité,

Tandis que du commun la bêtise classique

Fera sortir Prud'homme et Sosthène et leur clique ;

Car, ainsi qu'aux combats, dans les élections

La victoire demeure aux plus gros bataillons.

La ville est divisée : en chaque coterie

L'impartialité passe pour duperie ;

Et, pour être vainqueur, il faut être adopté

Par le parti qui peut faire Majorité.

Au lieu de s'occuper de la chose publique,

Dans le vote on ne voit qu'une arme politique ;

Sur trente élus on a quelques capacités,

Dix médiocrités et quinze nullités...

— Vous avez de l'esprit, mais vous n'êtes pas nôtre ;

Nous le regrettons fort, nous en prenons un autre,

Dût cet autre être un sot ! — Ainsi parlent ces gens,

Pour ceux de leur parti cent fois trop indulgents ;

Poussés dans cette voie ils ne demandent guère

Si tel a du talent et tel du caractère :

— Prud'homme est un niais, mais ses opinions

Sont nôtres, disent-ils, pour lui nous voterons ;

Rapinat est taré, d'une conduite sale,

Mais il est influent, redoutons sa cabale ;

Bilboquet a, dit-on, un pied dans chaque camp :

Sa versatilité n'est qu'un affreux cancan ;

Ils sont nôtres, Messieurs ! Dumanet est banquiste :

Il fallait bien un nom pour terminer la liste,

Trouvez mieux, après tout ? — Bon administrateur

Serait un tel. — Oui, mais savez-vous sa couleur ?

Pas de transaction, la liste est arrêtée ;

Qu'elle soit prise entière, et non pas discutée. —

Puis viennent les journaux traitant les citoyens

D'hommes amis de l'ordre ou d'atroces vauriens,

Suivant qu'ils choisiront telle ou telle bannière;

Et vous seriez, mon cher, de cette pétaudière !

Pour vous remettre un peu voici, Docteur, un trait

Dont je tairai l'auteur voulant être discret;

Chez un de mes clients la scène s'est passée :

On lisait le contrat devant la fiancée;

Au père partisan du régime dotal

L'autre père disait : Je donne un capital

De trente mille francs; mais est-ce bien le compte?

Ne faut-il qu'à mon fils tous mes titres j'escompte?

Veuillez noter ma place au conseil syndical,

Mon siége consulaire à notre tribunal,

Et le commandement de la milice urbaine

Dont, pour deux ans, encor je reste capitaine;

Évaluez ces droits qui, par un bon transport,

Revenant à mon fils, doubleront son apport. —

L'autre, ne croyant pas au droit héréditaire,

Fit le sourd et fit bien , parole de notaire.

Je ne ris pas, Docteur, nous voyons tous les jours

Maints pères de leurs fils disant : Prenez nos ours !

Encor faut-il qu'ils soient de santé bien défaite

Pour céder le pouvoir à la plus chère tête.

Par-là , jugez des pleurs de ce bourgeois bouffi,

Conseiller de trente ans et dont on ferait fi !

Chasser cet homme nul, ah ! quelle ingratitude ! !

De honte il en mourrait, le coup serait trop rude :

Pour lui, comme pour vingt, que n'a-t-on décrété

Le *statu-quo* chinois dans notre édilité !

. . . .

L'eau qui mène au Pouvoir n'est pas toujours limpide,

Ne vous embarquez pas , son cours est trop rapide ;

Vous risquez de sombrer ; restez, vous ferez bien ,

D'autant plus qu'au conseil seul vous ne pourrez rien ;

Il sera composé de fougueux adversaires

Tiraillés en tous sens par sentiments contraires,

Traitant les questions, d'après les comités

Et les opinions qui les auront portés ?

Que feriez-vous, Docteur, d'une telle machine,

D'un conseil amoureux de l'antique routine.

. . . .

. . . .

Voulez-vous un exemple entre mille choisi :

Un grand marché couvert ferait très-bien ici,

Parlez aux acheteurs, aux marchands, tout le monde,

À part quelques niais, dans votre sens abonde ;

Dans le sein du conseil les membres sont d'accord ;

On a crié deux mois : eh bien ! l'on crie encor !

Savez-vous le pourquoi ? Enrichir notre ville

De ce marché couvert semblait à tous utile :

Songez-donc, disait l'un, à ces pauvres vendeurs,

Du froid pendant l'hiver supportant les rigueurs,

Les pieds dans un bourbier, et cela dès l'aurore,

Où, dans l'été, brûlés d'un soleil qui dévore,

Leur donner un abri serait humanité !

— Et de plus c'est un gain certain pour la cité,

Ajoutait un second ; que personne n'en doute :

Admettons que trois cent mille francs il nous coûte,

Nous aurons à payer, Messieurs, les intérêts ;

Mais le marché donnant dix ou douze, à peu près,

Avant vingt ans d'ici, nous ferons cette somme,

Nous aurons témoigné notre bonté pour l'homme,

À la ville donné son plus beau monument !

— Bravo, bravissimo ! Voyons l'emplacement.

— Il faudra l'établir près du débarcadère,

Dit l'un qui, là, possède un hectare de terre.

— C'est par trop éloigné, lui répond Rapinat,

Construisons-le plutôt carrefour Catinat;

(Apprenez qu'en ce lieu se trouve une masure

Que le préopinant vendrait avec usure!)

— Vous êtes dans l'erreur, dit le sieur Bilboquet,

Où peut-il être mieux qu'aux abords du grand quai?

Nous aurons de quoi faire une belle voirie,

Et, tout bas : Je démasque ainsi ma foulerie! —

Vingt autres, tour à tour, par vingt avis divers

Ripostent, se lançant des regards de travers;

Quelques membres parlant, d'après leur conscience,

Pour l'intérêt de tous sont réduits au silence;

On finit par trouver la dépense un fardeau

Et, tout bien débattu, le marché tombe à l'eau.

Pour tous les grands projets on agit de la sorte.

Ne soyez pas surpris si chez nous tout avorte;

5

Mais n'ayant ni terrain à vendre, ni maison,

Que feriez-vous chez eux? Enseigner la raison !

Croyez-moi, cher Docteur, réservez votre zèle,

— Vous en serez payé ! — Pour votre clientèle :

Vous auriez beau gémir, cet état durera

Tant que, pour un habit, un nom l'on votera !

VII.

Ce qu'on peut lire dans les journaux de Bourbousson.

———

ARTHUR, BEAUDRICOURT, UN AVOCAT.

ARTHUR *jette son cigare, prend un journal et lit à haute voix :*

« Le bal était splendide et les femmes charmantes,
» Nous avons remarqué des toilettes brillantes ;
» Sur les fronts on voyait un aimable enjouement
» Ainsi qu'un ferme espoir dans le gouvernement ;

» Les salons étaient pleins d'une foule charmée :

» La Finance, les Arts, la Marine et l'Armée

» Jouaient, dansaient ensemble et se donnaient la main...

L'AVOCAT *l'interrompant.*

Pardon de t'arrêter en aussi beau chemin,

Infortuné lecteur, et surtout pour te dire

La fin de ce morceau qui me fit souvent rire :

» Madame de Vanflour et Monsieur le Préfet

» Ont d'un air gracieux chez eux les honneurs fait. »

ARTHUR *à Beaudricourt.*

Connaissez-vous l'auteur de cet article rare ?

Son nom en lettres d'or sur le plus pur carrare

Devrait être gravé ; c'est un homme de goût.

BEAUDRICOURT.

C'est un fort habile homme, il sut, toujours debout

Maintenir son journal au milieu des orages

Et se mettre à couvert quand crevaient les nuages ;

Près de tous gouvernants il est en bonne odeur,

Il change, quand il faut, de cocarde et couleur;

Il sait sauter à temps, et Préfets philippistes,

Préfets républicains, Préfets bonapartistes

Reçurent son encens, par lui furent chantés,

Choyés, congratulés, honnis et désertés.

De conscience large, écrivain sans vergogne

Il criera tour à tour Armagnac et Bourgogne !

Pourvu que dans sa caisse arrivent les gros sous,

Par le succès notre homme à ses yeux est absous :

« Le Chinois seul, dit-il, peut rester stationnaire,

» Passer du rouge au blanc m'est chose familière. »

Aussi, depuis vingt ans, deux, trois fois par saison,

Et pour tous nos Préfets c'est la même chanson,

Si l'un d'eux donne un bal, la phrase consacrée

Rend, en changeant les noms, compte de la soirée.

ARTHUR.

Et si notre Préfet était encor garçon ?

L'AVOCAT.

Des grâces de Madame il l'orne sans façon.

ARTHUR.

Le journal est rempli de nouvelles locales.

(Il lit.) « Lundi, nous avons eu de terribles rafales

» Qui, venant du Nord-Est.....

BEAUDRICOURT.

De grâce, Arthur, passez !

Du quartier les mamans nous l'ont appris assez.

ARTHUR.

« Notre greffier d'un fils est le propriétaire,

» Ce fils vient d'obtenir un succès littéraire,

» Noble fruit de l'étude, en cueillant le laurier

» Que l'Université décerne au bachelier.

» Bourbousson en est fier ! Au Préfet l'heureux père,

» Sitôt l'avis reçu, fut raconter l'affaire,

» Et Monsieur le Préfet, dont on connaît l'esprit,

» Le complimenta fort, à ce qu'on nous redit. »

L'AVOCAT.

Ce laurier est charmant, sur ma foi d'honnête homme,

J'ignorais que laurier voulût dire diplôme.

BEAUDRICOURT.

Et comme le Préfet dut être émerveillé

D'apprendre le succès du jeune Léveillé.

ARTHUR.

« Monsieur Lestiboudois, cet édile-modèle,

» Dont nous connaissons tous le mérite et le zèle,

» Préfet et député donnant protection,

» Est récompensé par la décoration. »

L'AVOCAT

Le rédacteur en veut donc beaucoup à cet homme

Pour que, dans son article, à ce point il l'assomme ;

Un fabuliste a dit : Des amis maladroits

Bien plus qu'un ennemi nous font porter la croix !

BEAUDRICOURT.

Le calembourg est bon.

ARTHUR.

Messieurs, je continue :

« Un malheureux vieillard à la tête chenue,

« La figure encor verte, âgé de soixante ans,

» Dans le fleuve a cherché la fin de ses tourments. »

L'AVOCAT.

La drôle de figure ! et dans la rhétorique
Je ne la trouve pas.

BEAUDRICOURT.

Ah ! c'est du sel attique !

ARTHUR.

Passons outre et voyons l'article que l'on sert
À nos dilettanti sur le dernier concert.
Albert en est l'auteur, j'adore sa critique.

L'AVOCAT.

On assure qu'il sait ses notes de musique !

ARTHUR.

« Mon âme était en proie au plus affreux tourment,

» On m'avait convoqué pour un enterrement,

» Partout on avait dit la Société morte,

» J'avais la larme à l'œil lorsque j'ouvris la porte :

» Et la salle était pleine et l'orchestre complet !

» La dentelle à longs flots aux balcons s'étalait !

» Lorsque, sur un signal, l'orchestre avec mesure

» En sourdine d'abord attaqua l'ouverture :

» Le mort était vivant, bien vivant, très-vivant !!! »

L'AVOCAT.

Demandez-le plutôt aux instruments à vent.

ARTHUR.

« On l'avait fait mourir, elle pleine de vie,

» Notre société musicale ! Oh, l'envie !

» Quand jamais elle n'eut l'air de se mieux porter,

» Ceux qui, jeudi, l'ont vue, ont pu le constater.

» L'ensemble du concert fut très-satisfaisant :

» Notre jeune ténor s'est montré ravissant,

» Pour la prima dona, véritable fauvette,

» Elle chante avec âme et sa voix est parfaite ;

» Notre ténor léger est un garçon d'esprit

» Qui vocalise bien et sent bien ce qu'il dit.

» Que dire du comique ? Il est désopilant,

» Écrasant, renversant dans le *Père Laurent !*

» Les chœurs avec ensemble ont dit la barcarole ;

» Tout marchait à ravir, j'en donne ma parole,

» Car notre chef d'orchestre ainsi qu'un général

» Voyait et dirigeait d'un air tout magistral.

» On a fort applaudi le grand air de trompette

» Joué si brillamment par notre clarinette ;

» Nos artistes enfin ont tous fait leur devoir,

» J'aime à le constater et leur dis : Au revoir ! »

L'AVOCAT.

Parfaitement touché ! Le critique sincère

A rempli son mandat d'une façon sévère,

Je lui dirai pourtant qu'à tort il oublia

Monsieur le balayeur qui très-bien balaya !

VIII.

Le Cercle littéraire des Dames de Bourbousson.

« Mais, pour seur, sans qu'elle ayt débité de gruïère,
« Au cercle on peut treuver plus d'une ex-épicière ! »
(Vieil auteur.)

ARTHUR, L'AVOCAT.

ARTHUR.

Ah ! mon cher avocat, voici bien du nouveau.

L'AVOCAT.

La vache de l'adjoint aurait mis bas un veau
À deux têtes ?

ARTHUR.

Fi donc ! Le sexe fait pour plaire

A créé dans nos murs un Cercle littéraire.

L'AVOCAT.

Tant mieux ! jusqu'à présent notre ingrate cité

Avait tout fait pour l'homme et rien pour la beauté.

ARTHUR.

J'approuve la mesure, et si je ne m'abuse,

Bourbousson verra naître une dixième muse,

Bourbousson marchera de pair avec Paris.

L'AVOCAT.

Des bas-bleus, cher Arthur, ne fais pas tant mépris !

Car, grâce à l'Institut, perspective attrayante,

Tu pourras épouser quelque femme savante.

ARTHUR.

Hum ! Les détails sont dus à l'indiscrétion

Du plus joli minois de cette réunion,

Madame de Marnef, charmante créature,

6

Qui m'a communiqué les discours d'ouverture.

Les voici mot pour mot. Et d'abord au fauteuil

D'ici voyons siéger Madame Belladeuil,

Femme forte et bien propre à fonder une École !

En ces termes pompeux elle prend la parole :

« Ce jour qui nous assemble, ô Jupin immortel,

Pour établir notre œuvre, est un jour solennel.

Éloignons nos regards, mes sœurs, de cette terre,

Où femmes nous souffrons des erreurs du vulgaire,

Capables tout au plus, au dire des maris,

De préparer leur soupe et brosser leurs habits.

En esprit gravissons la cîme du Parnasse,

Des Muses le séjour, et qu'Apollon nous fasse,

Aux accents de sa lyre, au doux bruit de ses vers,

Oublier nos douleurs, nos tyrans et nos fers !

De par le Code, on nous tenait en esclavage,

On daignait nous laisser les tracas du ménage

Et le droit de causer dentelles et chiffons :

Cet article du Code, eh bien ! nous le biffons.

À Messieurs nos maris nous pourrons prouver comme

La femme pour le moins est l'égale de l'homme,

Et nous leur montrerons un talent gracieux,

Sans cet esprit brutal qu'on remarque chez eux.

La séance est ouverte, et notre secrétaire

Va lire les statuts du Cercle littéraire. »

Madame Rosalba s'avance en rougissant,

Elle met son binocle et, d'un ton languissant :

« Mesdames, j'obéis à notre Présidente,

Et voici les statuts qu'au Cercle elle présente :

De membres féminins il sera composé,

Et le pantalon noir y sera refusé ;

On ne s'occupera que de littérature,

En mangeant des éclairs et de la confiture ;

On y pourra médire une fois, chaque mois,

Mais qui médirait plus recevrait sur les doigts ;

On y cultivera toute nouvelle danse,

Si, pour le premier bal, on en voyait l'urgence ;

Toute fillette, ayant moins de trente-cinq ans,

Ne sera, vu son âge, introduite céans ;

Tout candidat devra soumettre un mélodrame

Aux membres du jury, sinon un anagramme ;

On y parlera grec, anglais, russe, chinois,

Allemand, espagnol, italien, au choix ;

Et toujours on devra clore chaque séance

Par un chant du départ fait pour la circonstance. »

Les Membres, se levant, applaudissent des mains

Et lancent des bravos comme de vrais Romains !

Puis on passe au scrutin, et la docte assemblée

Vote sur les statuts qu'elle accepte d'emblée.

— Très-bien, mes sœurs, reprend Madame Belladeuil,

Votre union m'enchante et me remplit d'orgueil :

Avec les éléments dont le Cercle dispose
Nous devons réussir et gagner notre cause.

La prochaine séance aura lieu mercredi,
Chez Madame Prud'homme, et, dans l'après-midi,
Nous y devrons traiter à fond de l'influence
Du moderne roman sur les femmes en France ;
Creuser, approfondir Balzac et Walter Scott,
Les auteurs de Gil-Blas et de Manon Lescaut.

Avant de nous quitter, je vais donner lecture
D'un morceau plein de grâce et de littérature,
Un morceau ravissant, que nos sœurs de Ligny,
Falaise, Carpentras, Chaumont-en-Bassigny,
Viennent de m'adresser, épître collective,
Où s'épanche en beaux vers leur allégresse vive !
« Le siècle est au progrès ! Aussi, dans Bourbousson,
Le beau sexe devait marcher à l'unisson,

Et cela, grâce à vous, bonne et chère Madame,

Un vrai cœur de lionne en une faible femme.

Madame, permettez que nous vous disions : Sœur !

Ce nom tendre et charmant plaît mieux à notre cœur;

Et puis, n'êtes-vous pas, Madame, en poésie,

Notre sœur ? vous aimez la céleste ambroisie,

Vous montez au Parnasse, au Pinde, à l'Hélicon,

Vous êtes en un mot la fille d'Apollon !

Chère sœur, tu connais l'escargot sympathique !

Eh bien ! nos cœurs sentaient comme un choc électrique;

Avant d'avoir avis de ton intention,

Nous étions escargots par inclination !

Sœur, nous te tutoyons, chez nous c'est la coutume.

Dans notre camp on joue au billard et l'on fume

À son aise, sans morgue et sans respect humain :

Sœur, à travers l'espace, on te donne la main !

Présente nos saluts à tes nobles compagnes

Et dis-leur de chanter les grands bois, les campagnes.

Et les papillons bleus et les fraîches amours,

Pour que le blond Phébus leur dore de beaux jours ;

Dis-leur encor, dis-leur, puisqu'elles seront nôtres,

D'être de notre loi les fidèles apôtres,

Afin que leur concours et notre propre effort

Ramènent pour la femme, et dans peu, l'âge d'or ! »

Cette adresse est reçue avec enthousiasme,

Madame de Flic-Flac s'émeut et tombe en spasme ;

La Présidente pleure et de joie et d'espoir ;

— Les autres d'imiter ; — on mouille maint mouchoir

En ce moment paraît un domestique mâle.

Un long cri de terreur de vingt bouches s'exhale ;

Et, d'un air imposant, la Présidente dit :

« Arrête, malheureux ! ce seuil est interdit

» A ceux de ton espèce, arrête, arrête, arrête ! »

L'infortuné valet, à ces mots perd la tête

Et se sauve en jetant près du premier fauteuil

Une lettre que prend Madame Belladeuil.

Elle lit, et soudain : Quel tissu d'infamies !

J'en rougis de colère, écoutez, mes amies :

« Pendant quinze ans je fus dans mon ménage heureux,

» Fifine m'adorait comme l'un de ses yeux ;

» Elle flattait mes goûts, cette excellente chatte

» Me caressait, choyait, me faisait douce patte !

» Du ménage les soins ne lui répugnaient pas,

» Elle-même veillait aux apprêts des repas ;

» Alors, j'avais chez moi service confortable,

» Bon feu, bon rôt et femme au visage agréable !

» Hélas ! mon Paradis en Enfer s'est changé,

» Madame Prud'homme est un chacal enragé.

» Et voilà quinze jours que cet enfer j'endure,

» Depuis autant de jours qu'à la littérature

» Fifine s'est vouée. Ecoutez mes tourmens,

» Et vous direz après, Madame, si je mens.

» Tout va de mal en pis dans mon triste ménage ;

» Mes rôtis sont brûlés, mauvais est mon potage ;

» Si, lorsque nous causons, j'omets un imparfait,

» Fifine prend un air qui me rend stupéfait ;

» La nuit, c'est autre chose, et lorsque, bien tranquille,

» À ses côtés je dors, une voix très-virile

» Me réveille et je vois Madame sur mon lit,

» Debout et livre en main, qui gesticule et lit.

» Madame, dans le jour, se disant inspirée,

» Se promène à grands pas, comme une possédée ;

» Mes deux derniers enfants, aux bonnes confiés,

» Par la ville s'en vont mal vêtus, mal soignés ;

» Et lorsque je me plains, Fifine alors me toise

» Avec dédain et dit : Venez-vous de Pontoise,

» Pour ne pas me comprendre ? Être lourd et grossier !

» Allez, vous ne serez jamais qu'un épicier !

» Épicier, c'est tôt dit, mais sans la chicorée

» Madame ne pourrait faire sa mijaurée ;

» Et puis, mais, entre nous, je désirerais voir

» Où diable elle a puisé son prétendu savoir :

» Est-ce en allant trois ans au pensionnat-modèle

» De Bourbousson ? ou bien en vendant la cannelle

» Derrière son comptoir ; le chocolat Devinck,

» Le sucre, la muscade ou la chandelle à cinq ?

» Foi d'ancien épicier, ma femme est un peu folle !

» Fifine aurait besoin de rentrer à l'école

» Apprendre l'orthographe, avant que d'un auteur

» Elle pût discuter le talent, la valeur ;

» Car, pour vous parler franc, comme littérature,

» Elle n'a jamais su faire qu'une facture !!! »

IX.

Où Arthur apprend de Beaudricourt de quel bois on se sert
souvent pour faire un grand homme en province.

Son nom !... Il est connu du couchant à l'aurore,

Dans son département qui l'estime et l'honore ;

Son nom !... Il est cité comme l'équivalent

Du plus pur, du plus rare et du plus beau talent

Que pourrait nous montrer la grande Capitale ;

Son nom ! De Martinville à Palaise on l'étale.

Symbole du génie, on l'aime, on le défend ;

Demandez au vieillard, demandez à l'enfant :

Pour eux, il vaut les noms de Corneille et Racine,

D'Hugo, de Béranger ou bien de Lamartine !

Son nom... est Bonardin ! L'implacable Paris,

Par pure jalousie, a méconnu son prix.

Ah ! Bonardin n'est pas cet homme qui s'amuse,

Pour dépenser son temps à courtiser la muse ;

Ennemi déclaré du genre sans façon,

Dans ses vers immortels il prêche la raison ;

Si l'on ne les voit pas, on en connaît les titres,

On sait bien qu'il a fait de charmantes épîtres,

Et que son portefeuille, en ses flancs rebondis,

Contient vingt-quatre chants sur l'illustre Amadis,

Un chef-d'œuvre de goût dans le style homérique,

Laissant bien loin Voltaire, un vrai poëme épique !

De même qu'en nos bois la violette en fleur

Se révèle aux passants par sa suave odeur,

Bien qu'en son nid de mousse elle reste blottie,
Ainsi de Bonardin, malgré sa modestie.

Mais Bonardin n'est pas un poëte ignorant
Des lois de l'étiquette, oublieux de son rang.
Son habit est parfait, sa mise est convenable ;
Son linge est des plus fins, excellente est sa table ;
Mais Bonardin n'est pas de ces poëtes gueux
Vivant au jour le jour, tirant par les cheveux
Et leur muse et la vie ! Au soleil il présente
En biens-fonds pour le moins vingt mille francs de rente ;
Mais Bonardin n'est pas ce poëte léger,
Aux sciences du jour tout-à-fait étranger :
Il sait l'art des Dumas, il connaît la physique
Et les nombreux détours de la métaphysique ;
Mais Bonardin n'est pas ennemi du Pouvoir,
Qui, d'un œil bienveillant se complaît à le voir.

7

Devant lui l'on s'incline, et, quand Paris nous livre

L'attrayante primeur de quelque nouveau livre,

En comité d'élite il prononce son sort,

Et son arrêt toujours est en dernier ressort.

Que pense Bonardin ? C'est comme un cri de guerre !

Le titre de Monsieur est bon pour le vulgaire !

De rares détracteurs, — qui n'en a pas ici ? —

Ses œuvres voudraient voir. Qu'il n'en prenne souci :

L'esprit jaloux jamais ne s'attache au vulgaire,

Et la cîme des monts attire le tonnerre !

.   .   .   .

Un jour, chez un ami, la conversation

Tomba sur Bonardin. Pour lui l'opinion

Se montrait favorable ; en toute confiance

On louait son esprit, sa verve, sa science,

Quand survint Beaudricourt, escorté du docteur.

— Beaudricourt, on le sait, est tant soit peu railleur, —

De Bonardin voyant qu'on vantait la personne,

Il se met à sourire, et chacun s'en étonne.

On l'entoure bientôt : — Qu'avez-vous? lui dit-on.

— Voulez-vous de mon rire apprendre la raison ?

— Ce rire nous paraît étrange et nous déroute.

— Je n'en fais pas secret. — Dites, on vous écoute !

— Quoique j'aie à parler du grave Bonardin,

Permettez-moi d'abord de prendre un ton badin,

Puis, pour vous éclairer, d'user de ma lanterne :

Depuis longtemps, Messieurs, notre barde vous berne;

Le grand homme de vous se moque plaisamment;

Mais, à son tour gâté par un sot engouement

Que je ne comprends pas, il a fini par croire

Ce qu'on disait de lui, se drape dans sa gloire,

Fait le beau, fait la roue, et reçoit votre encens

Comme le percepteur l'argent de votre cens !

L'esprit de Bonardin est dans son secrétaire

Qui pour lui sait écrire, encore mieux se taire,

Et, dans le cabinet, prépare les discours

Débités par son maître et trouvés un peu lourds.

Lors donc que Bonardin vous parle d'abondance,

Ou lit un manuscrit, vantez son éloquence,

Mais sachez la taxer à quatre mille francs :

Somme qu'au secrétaire il donne tous les ans !

Une des qualités du maître est sa mémoire ;

Il s'en sert à merveille au profit de sa gloire :

Un matin, il apprend dix vers de Juvénal,

Et, le soir, à son Cercle, en lisant le journal,

À propos d'un morceau d'excellente critique,

De Rome il citera l'école satyrique,

Débitera ses vers au rythme harmonieux,

Et puis le tour est fait ! Bonardin, à vos yeux,

Possède le latin aussi bien qu'aucun homme

Le posséda jamais dans l'ancienne Rome.

Avec son secrétaire, ou quelqu'autre initié,

Parasite obligeant, il passe la moitié

D'un grand jour à fouiller un sujet historique ;

L'un donne la demande et l'autre la réplique !

Puis, le soir arrivé, dans un brillant salon,

L'un parle de Lycurgue et l'autre de Solon :

C'est le sujet par eux choisi dans la journée,

L'attention de tous leur est bientôt donnée ;

Le premier montre Sparte avec Léonidas

Et bien d'autres héros qui ne lui cèdent pas.

Le second, avec art, sait nous dépeindre Athènes

Produisant Périclès, Socrate et Démosthènes,

Maniant le pinceau, la lyre et le compas,

Quand la guerre pour Sparte a seule des appas ;

Si l'attaque est brillante, habile est la défense ;

Et, quand on a brisé plus d'une forte lance,

La victoire demeure au camp athénien

Dont maître Bonardin s'est porté le soutien :

Et la farce est jouée ! On vante sa science,

Son coup d'œil, sa logique et son expérience.

Un jour vous l'allez voir, et dans son cabinet,

Devant lui vous trouvez un énorme carnet,

Des feuilles de papier couvertes de ratures,

Des livres empilés de toutes les natures.

Asseyez-vous, dit-il. — Je vais vous déranger.

— Vous riez! Çà me fait grand bien d'un peu changer.

Je suis fort ennuyé, de Francfort l'Athénée

Me réclame un travail qui demande une année.

Le temps de Bonardin nous semble précieux,

Vous demeurez très-peu, craignant d'être ennuyeux,

Et vous sortez rempli de respect pour cet homme :

Et vous êtes trompé! Si vous pouviez voir comme,

Vous dehors, il s'empare aussitôt de papiers

Sous forme de cocotte artistement pliés

Et qu'il avait cachés. Il s'étend sur sa chaise,

Aligne ses oisons en baillant à son aise,

Puis les met quatre à quatre ainsi qu'un escadron,

Les commande en sifflant, imite le clairon,

Et, lorsqu'il est lassé de ce noble exercice,

Il s'amuse à mâcher l'escadron à sa guise,

Des boulettes en fait, puis les jette au plafond :

Et voilà les travaux de cet homme profond !

J'en passe et des meilleurs, vous auriez peine à croire

Aux moyens employés pour obtenir la gloire.

J'ai dit ce que je sais, l'exacte vérité :

Votre héros, Messieurs, n'est qu'une nullité !

XII

ÉPILOGUE.

Vingt ans après. — Bouquet et morale. — Notre héros, père de famille, a des cheveux blancs et jouit de dix mille francs de rente et de l'estime de ses concitoyens.

———

Depuis que mon héros fit ses premières armes,

Vingt ans se sont passés. Appréciant les charmes,

Les talents, les vertus de la jeune Laura,

Les écus paternels, la dot et cætera,

Mons Arthur a voulu tâter du mariage,

Et nous le retrouvons au sein de son ménage.

Son beau-père est parfait, quoiqu'ancien épicier ;

Son beau-frère, honnête homme, est dans l'endroit greffier;

Il a des légions d'oncles, tantes, cousines

Dans Bourbousson, Palaise et dix villes voisines;

Nombreuse clientèle au dehors, au dedans,

L'estime du public et deux cent mille francs !

Sur sa tête, en raison des erreurs de jeunesse,

Erreurs qu'il ne faut pas que le public connaisse ;

Sur sa tête il n'est plus que de rares cheveux :

Pur effet du travail ! dit-il à ses neveux.

De ceci je sais bien tout ce que l'on doit croire,

Car au Quartier Latin je connais son histoire.

Arthur est devenu bourgeois, provincial,

À Bourbousson il est adjoint municipal,

Et, par l'âge rendu dévot et catholique,

Il prie avec ferveur aux bancs de la fabrique :

L'ancien étudiant du carrefour Vavin

A mis, comme on le voit, beaucoup d'eau dans son vin.

Les scabreux entrechats de la grande Chaumière,

Et les yeux de Nina, la brune couturière;

Les courses sur baudet, à Saint-Maur, à Pantin,

Et les bruyants plaisirs du vieux Quartier Latin;

Les dîners à dix sous avec de l'eau rougie,

De plus d'un carnaval la séduisante orgie;

La détresse au logis, dès le quinze du mois,

Et la chambre au sixième, en garni, sous les toits;

Les orageuses nuits au violon passées,

Et les rêves de gloire et les libres pensées

Aujourd'hui sont pour lui du grec et du latin;

Tant sur nous, en vingt ans, la Province déteint!

Mais le blâmerons-nous, alors que la morale

Enseigne avec raison d'une voix magistrale :

Qu'il nous faut, ici-bas, hurler avec les loups,

Et nous faire melons avec les cantaloups!

J. DARCIER.

Nancy, le 27 août 1858.

LE QUARTIER LATIN.

LE QUARTIER LATIN,

ou

LA PHILOSOPHIE D'ARTHUR DUVAL,

ÉTUDIANT.

Accours, Folie, aimable déité,

Tyran chéri du plus joyeux empire ;

Viens à mes chants prêter de la gaîté

Et que ta voix me soutienne et m'inspire ;

Puisse le Sage, en parcourant mes vers,

— D'un tien ami, je vais dire la vie, —

Être certain que Sagesse et Folie

Ont même but en marchant à l'envers !

Vous souvient-il d'un ancien frère d'armes ?

D'Arthur Duval, moderne Don Juan,

Dont le départ à plus d'une maman,

Dans le quartier, fit couler tant de larmes ;

C'était vraiment un garçon plein d'entrain ;

Gai, franc luron et d'humeur serviable,

Il préférait Lahire à Dupuytren ;

Charmant pour nous, pour ses parents un diable !

Connu de tous dans le Quartier Latin,

Par ses exploits, il boudait la science,

Lui préférant en toute conscience

Folles amours et minois bien lutin ;

De lui parler grillaient toutes les belles,

Et maître Arthur, la terreur des maris,

Coulant ses jours dans les chants et les ris,

À ses désirs trouvait peu de rebelles.

Notre héros, vivant au jour le jour,

Vrai papillon, quittait la bourgeoisie

Pour la grisette et l'aristocratie :

Voilà comment il entendait l'amour !

. . . .

Mais, à cette heure, au fond d'une province,

L'étudiant, devenu médecin,

Fait gravement son métier d'assassin.

Adieu folie ! adieu plaisirs de prince !

. . . .

J'ai fort connu ce démon converti,

Je le voyais au bon temps de la vie,

Lorsqu'il prêchait, pour un autre parti,

Les vrais devoirs de la philosophie.

Un beau matin, qu'avec lui, sans détour,

Je me plaignais de voir la caisse nette,

Et que ma bourse, en son vaste contour,

Plus plate était que ventre de nonnette,

Il répondit : Ami, relis encor

D'un vieux Romain la diatribe amère,

Il a prêché sur le mépris de l'or :

C'est, nous dit-il, une vaine chimère !

Chimère, holà ! de dame Chasteté.

Vantait-il pas les bienfaits d'importance,

Lorsque, blasé sur toute volupté,

Plus n'en pouvait, à force de bombance ?

Mais, à quoi bon d'inutiles discours !

Laissons Senèque, et, puisque ce sot être,

Ce vil rhéteur, ami, ne pourrait être

En ce moment pour toi de nul secours,

Je fais appel à mon expérience.

Je ne dis pas à ma bourse. Tu sais

Qu'avec la tienne elle a fait alliance

Et que l'or est avec elle en procès.

Riche en conseils, mais très-pauvre en espèces,

Je te dirai pourquoi je vis heureux :

Le vrai bonheur n'est pas dans les richesses,

Et, pour l'avoir, il faut être amoureux.

J'aime à polker, je me plais à la danse,

Je ne hais pas une humaine beauté,

Mais je préfère à tout l'Indépendance,

Fille du Ciel et de la Liberté.

L'argent, ami, fait les destins du monde,

Asservissant maître et peuple à ses lois ;

L'argent nous donne et la brune et la blonde,

Et fait trouver des courtisans aux rois ;

L'argent est tout, partant on le louange :

Devant le riche on se met à genoux ;

Pour lui complaire on se couvre de fange;

Ce métier-là ne fut pas fait pour nous !

Si, par hasard, je possède en ma bourse

Quelques louis las d'être renfermés,

Aux prisonniers j'ouvre vite et permets,

En bon geôlier, de fuir au pas de course.

Alors hourra ! j'invite mes amis

Pour un festin à la Sardanapale,

Car bien je traite alors que je régale.

La table est prête et les couverts sont mis,

Et, tous heureux, sans arrière-pensée,

Ne songeant pas au lointain avenir,

— La rose, hélas ! est si vite passée,

L'heure présente a sitôt fait de fuir ! —

Autour d'un punch à la bleuâtre flamme,

Nous nous vouons à Bacchus, à Vénus,

Divinités qui règnent sur notre âme

Et plus que nous mangent nos revenus.

Parfois l'ennui , compagnon de l'étude,

De mon bonheur vient-il troubler le cours ,

J'écris aux murs de cette solitude

Le long récit de mes folles amours.

Là , je m'inspire au galant badinage

De La Fontaine et de Gentil-Bernard,

Et chante en vers les plaisirs de notre âge ,

Laissant les pleurs, les regrets au vieillard.

Peut-être , ami , loin du but du voyage

Te semble errer ma muse en ses écarts,

Et naviguer à travers les brouillards !

Il n'en est rien. Aux yeux perçans du sage

La vérité toute nue apparaît ,

Lorsque , jetant son masque de rencontre ,

L'homme s'oublie en public et se montre

À découvert, sans fard et sans apprêt.

Nous pratiquons, nous aimons la franchise,

Et, sans pitié, nous foulons en chemin

La médisance et le respect humain,

Monstres affreux qu'en sa vaine sottise

Le monde craint. Amis du sans-façon

Notre parler jamais ne se déguise :

Pleins de mépris pour le qu'en dira-t-on,

Nous marchons fiers, libres, à notre guise.

L'été, je puis, d'un air tout cancannier,

Danser, polker au bal de la Chaumière,

Y proposer à jeune couturière

Un rendez-vous qui n'est pas le premier ;

Les jours de fête accourir à Mabile,

Ou, désireux de goûter un air pur,

Pour la campagne abandonner la ville,

L'estaminet pour un beau ciel d'azur ;

Sur un coursier peu fringant et revêche,

Tout près de moi femme sur un ânon,

Courir les bois et puis sur l'herbe fraîche

Me reposer aux genoux du tendron.

Par mon exemple apprends à bien connaître,

Loin d'imiter en cela mainte gent,

Qu'un sage doit jeter par la fenêtre

Pour les plaisirs et l'amour son argent !

Si le besoin , ce Dieu tout rachitique,

Demande un gîte et décline son nom ,

Je lui fais place au foyer domestique,

Sans demander s'il en a droit ou non.

Moi, j'ai toujours agi de cette sorte :

Chacun pouvait entrer dans mon réduit,

À l'huissier seul je refusai la porte ,

Je l'ai toujours poliment éconduit.

J'adore aussi cette bonne coutume

Qu'en Arabie on pratique au bivac ,

On entre, on dit : J'ai soif, j'aime, je fume !

Vite on vous sert : café , femme et tabac !

Mais aujourd'hui, dans notre belle France,

Ces bonnes mœurs, ami, n'existent plus;

Pas une main pour calmer la souffrance

N'ouvre son coffre et lâche ses écus :

Car nos parents, sûrs gardiens de leurs caisses,

Sois-en bien sûr, sont plus durs que l'airain;

Et, trois fois sourds à toutes les caresses,

Nous font en chœur entendre ce refrain :

« Vous le savez, jamais je ne refuse

» Ce qui suffit, cher fils, à vos besoins,

» Je consens même à ce que l'on s'amuse

» Et ne suis pas insensible à vos soins;

» À votre train il faudra mettre un terme,

» Vous dépensez plus qu'un prince allemand;

» Vous rongerez jusqu'à mon épiderme

» Si je n'y mets un prompt empêchement;

» En résumé, faites meilleur usage

» De votre temps et surtout de l'argent;

» Ne péchez plus, je pardonne à votre âge,

» Soyez béni, je suis père indulgent ! »

Quand les parents ouvrent la contredanse

Sur cet air-là, mon cher, il faut céder ;

Répondre au père : Hâtez-vous de m'aider,

À l'avenir j'aurai de la prudence.

C'est la saison des rêves délirants,

La nuit, je nage au sein de l'opulence :

Femmes, dîners et généreux parents,

Le tout m'arrive en surcroît d'abondance.

Il m'en souvient, je me couchais un soir,

L'estomac vide et la bourse de même ;

Mon âme était livrée au désespoir,

Au genre humain je criais anathème.

Quand le sommeil, présent venu du Ciel,

Appesantit ma paupière lassée,

Un rêve d'or aussi doux que le miel

Vint mettre un baume à mon âme blessée.

Je me trouvais au milieu de Paris,

Tout me sembla changé dans cette ville ;

Partout des jeux, des chansons et des ris,

Partout des gens d'une humeur fort civile.

Chacun allait, venait en liberté,

Sans redouter les agents de police,

Sur tous les fronts on lisait : Probité !

Et les gamins n'avaient plus de malice.

Tous les marchands, mis dans le dernier goût,

Parfumaient l'air en fumant le havane ;

Attendaient-ils, bras croisés et debout,

Que le seigneur leur envoyât la manne ?

Jeunes dandys et fringantes vertus,

Brûlaient le sol en wiskis confortables :

Pour eux Clichy n'existerait-il plus ?

Les créanciers seraient-ils plus traitables ?

Et j'allais..... quand à l'angle d'un trottoir,

Tout près de moi, jeune et brillante femme,

À l'œil lutin, vrai miroir de son âme,

Laissa tomber par mégarde un mouchoir.

Le ramasser et le rendre à la belle

Furent pour moi l'affaire d'un moment ;

Je pus de près voir briller sa prunelle

Et contempler son visage charmant.

Mon cœur s'éprit, j'oubliais la prudence :

Daignez, Madame, accepter mon amour.....

Dites un mot, un seul mot d'espérance

Et si je puis mériter quelque jour.....

9

Mais souriant, et sans faire la prude,

Elle me dit : Pourquoi pas aujourd'hui!

La liberté pour les femmes à lui

Et la vertu n'a pas la voix si rude ;

Je vous permets de me faire la cour :

Là, votre bras, en signe d'harmonie,

Vous me plaisez, point de cérémonie,

Et, pour début, rendons-nous chez Véfour.

À tel propos je ne pouvais répondre

Par un refus ; je remerciais fort,

Sans regarder si la poule aux œufs d'or

Pour mon usage avait bien voulu pondre.

Je m'avançai dégagé, le front haut ;

Quant au dîner, voyez mon impudence !

M'en remettant à sainte Providence,

Sur la façon de payer notre écot.

En arrivant, aux murs de la cuisine,

En lettres d'or, ma foi ! je vis écrit

Ce beau dicton plein de charme et d'esprit ::

Déjeuners fins, on paie en bonne mine !

Sûr de payer avec cet argent-là,

J'allais entrer... O visite importune !

Un mien ami sur l'air du Tra-la-la ,

Vint m'éveiller et chassa la Fortune.

En l'attendant , je me complais à voir

Ma bonne pipe au crochet suspendue ,

Par mon talent , c'est moi qui l'ai rendue

Telle qu'elle est avec son réseau noir !

De tous mes biens voilà pourtant le reste ,

Les autres sont au Mont-de-Piété :

Honneur et gloire à l'ami qui nous reste ,

Quand vient sur nous fondre l'adversité !

.   .   .   .

Et telles sont les phases de ma vie :

Pauvre aujourd'hui, dans l'aisance demain,

Par les plaisirs j'abrège le chemin ;

C'est le secret de ma philosophie !

J. DARCIER.

QUAND ON A VINGT ANS.

QUAND ON A VINGT ANS.

Ix

L'AMOUR.

De tous les temps l'Amour fut un grand maître,
Par lui nous apprenons sans peine à mieux connaître
Le cœur humain en un jour qu'en dix ans,
Sur les bancs,
À lire et méditer livres des plus savants.

Réglant le cours de la machine ronde ,

Sans oppressives lois , estafiers ni soldats ,

Il conduit tout : pauvres et potentats ;

Et le monde ,

Docile à ses conseils , s'empresse sur ses pas.

Ce fut l'Amour qui, soufflant la vengeance ,

Réunissait les Grecs au temps d'Agamemnon ,

Contre Pâris et la fière Ilion

Dont le nom

Doit aux siècles futurs annoncer sa puissance.

L'Amour fatal, dont un fils de Tarquin

Ressentit les ardeurs pour la Lucrèce antique ,

Fut le berceau de cette république

Héroïque

Qui soumit l'univers et le rendit romain

Nos bons aïeux ont trouvé peu rebelles

Montespan, Maintenon, Dubarry, Pompadour,

Jouets royaux, mais reines à leur tour

Par l'Amour

Menant du bout du doigt des Maîtres épris d'elles.

Ainsi ce dieu, toujours dominateur,

Est le cercle constant où roule notre monde ;

Sages et fous, pour la brune et la blonde

Pleins d'ardeur,

Éprouvent tour à tour son charme séducteur.

Lorsque chacun à son aspect s'incline,

Quand, malgré les efforts d'une raison chagrine,

Caton lui livre, au moment survenu,

Sa vertu,

Que puis-je faire moi, si ce Dieu me lutine ?

BOUTADE.

Notre héros du nom d'Arthur j'appelle :
Il n'est pas mal, même plus d'une belle
Pour lui parfois daigna de sa rigueur
Se désister et le rendre vainqueur.
Point ne faudrait cependant en conclure
Qu'Arthur, don Juan, par goût et de nature,

Aime à tromper un innocent tendron !

Arthur, hélas ! est jeune de raison

Ainsi que d'ans, et son esprit volage

Chérit surtout un libre badinage ;

Arthur trop tôt peut-être de l'amour

Sut écouter la voix, et, tour à tour,

Avoir ardeurs pour la brune et la blonde !

Si c'est un crime, eh bien ! ce crime abonde !

N'est-ce pas un de ces défauts charmants

Que l'on pardonne aux hommes de vingt ans?

Arthur..... Caton, ce serait pur mensonge,

Sur ses péchés passons plutôt l'éponge.

D'ailleurs Arthur, à la légèreté

Fit ses adieux, pendant tout un été,

Lorsqu'il connut l'aimable Coralice,

Dont le portrait mérite quelqu'esquisse :

C'est une brune au minois attrayant,

L'œil vif, la bouche au contour souriant,

Un air lutin, une tournure franche

Qui lui sied bien, une taille qui penche

Comme un roseau, la jambe et puis les seins

Si blancs, si ronds qu'ils tenteraient les saints !

« Mais, direz-vous, malgré mon assurance,

» Vous ne pouvez, que sur simple apparence,

» Parler des deux derniers points avancés. »

D'accord, Messieurs, mais les objets placés

D'une façon qu'on puisse les connaître

Se trouvant beaux, ceux cachés doivent l'être.

En son honneur à tous disons céans

Que la belle est exempte de galans

Jusques Arthur, et, sachant qu'en notre âge,

Sur cent tendrons on n'en trouve qu'un sage

Dans le Quartier, vous direz avec moi

Que Coralice était digne d'un roi !

XXX.

À MAITRE ARTHUR.

L'innocence s'abrite
Chez vous en sûreté ,
Pour votre humanité
Dans l'école on vous cite ;

10

Émule de Vincent,

— Mais, d'une autre manière,

Cinquante enfants sur cent

Vous proclament leur père.

XV.

MAITRESSE & CHAMPAGNE.

Le bonheur nous réclame,
Hâtons-nous d'obéir;
Abreuve-toi, mon âme,
Aux sources du plaisir.

Dans la coupe vermeille
Noyons tous nos chagrins,
Je chante sous la treille
Mes plus joyeux refrains.

Viens, pétillant champagne,
Viens égayer mes jours ;
Toi seul et ma compagne
Vous êtes mes amours.

Quand la brise embaumée
Revient avec le soir,
Lorsque la femme aimée
Se penche pour me voir ;

Et que ma bouche avide
A sa bouche s'unit,

O champagne perfide,
Tu nous troubles l'esprit.

C'est toi qui fais paraître
Plus vifs et plus brillants
Ses yeux noirs, sémillants
Dont je suis l'heureux maître !

Quand, la coupe à la main,
Mon amante te loue,
Du plus tendre carmin
Tu colores sa joue.

Ah ! qu'elle est belle alors :
Auprès d'elle j'oublie
Soucis, mélancolie
Dans mes brûlants transports.

Que ta joyeuse ivresse,

Champagne, reste en nous;

Aux pieds d'une maîtresse

Le temps passe si doux.

RECONCILIATION.

Quoi ! me condamner sans m'entendre ?
Juge en cornette, écoute-moi,
De l'indulgence et près de toi
Je tâcherai de me défendre.
De quel délit m'accuse-t-on ?
D'avoir braconné dans Cythère,

Fait la cour à joli tendron?

— Non pas. — Pourquoi cette colère,

Cet air sournois, ces yeux jaloux?

Daigne m'apprendre au moins le crime,

Ai-je trompé jeune victime,

Ou donné quelque rendez-vous?

— Nenni. — Diable! c'est à me pendre.

D'honneur, je n'y comprends plus rien.

— As-tu cherché? Veux-tu te rendre?

— Explique-moi, je le veux bien.

— Je suis de votre République.....

Tu ris..... jalouse au dernier point;

Pour elle et pour la politique,

Depuis quatre jours en un coin,

Comme si n'étais tu me laisses!

— C'est là ce qui te pousse à bout.

Vite rends-moi quatre caresses

Et nous serons quittes de tout!

VI.

A M. A. F.,

Coupable auteur d'une pièce de vers intitulée :

LES DEUX CROIX DU CHEMIN.

Votre pièce, poëte, a son défaut, je crois.

— Quel défaut, s'il vous plaît ? — On oublie une croix :

Les deux croix du chemin et la pièce font trois !

QUAND ON A VINGT ANS!

L'Amour de son aile

Voile un rendez-vous.

Ne crains rien , ma belle,

D'un maître jaloux.

De ce Cerbère

Que l'air sévère

Ne t'arrête pas !

Le Dieu de Cythère

Protége nos pas !

Malgré sa prudence,

Unissons parfois

Nos cœurs en silence

Ainsi qu'autrefois,

Et, chère maîtresse,

Cueillant de beaux jours,

Savourons l'ivresse

De tendres amours !

VIII.

À MADAME J. C.

Lorsqu'à notre berceau l'immuable Destin
Sur notre front d'enfant pose une froide main,
De l'autre, sur un sombre livre,
Il prend note des jours que nous avons à vivre,

Puis de ces jours il fait deux parts :

L'une, tracée à l'encre noire,

Est le lugubre répertoire

De nos maux et de nos écarts ;

Et l'autre, infiniment petite,

Avec une encre rose écrite,

Renferme les instants joyeux,

Les plaisirs courts et peu nombreux

De notre éphémère existence !

. . . .

Aussi, Madame, à ma naissance,

L'immuable Destin dans les heureux plaça

Les jours où j'ai goûté votre aimable présence,

Et d'une encre noire traça

Ceux qui passent en votre absence !

LA SAINTE - CATHERINE.

CHANSON.

Que le Seigneur, grand' mère,
Daigne exaucer nos vœux ;
Puisse notre prière
S'élever jusqu'aux cieux !

Avec ivresse,

Pleins d'allégresse,

Enfants, disons

Notre tendresse

En nos chansons.

Que ta sainte patronne

Des célestes séjours

Te protége et te donne

De riants et longs jours.

Sur cette terre,

Près de leur mère,

Que tes enfants

Vident leur verre

Encor longtemps.

Pour ta verte vieillesse

Que de printemps joyeux !

Nous avons la promesse
Du Galien de ces lieux.

    En la science

    Prends confiance

    Et dis souvent :

    À l'espérance

    Buvons gaîment.

Puissions-nous, chaque année,
À même table assis,
Fêter cette journée
Sans regrets, sans soucis.

    À ta campagne

    Que le champagne

    Coule pour nous,

    Vin de cocagne

    Toujours si doux !

POCHADE.

C'est la fête des saints patrons
Aimés de tous les bons apôtres,
Venez, joyeux et francs lurons,
Leur adresser vos patenôtres

Le Dieu qui nous donne le vin
Accordera pleine vendange,
Il nous a dit : était-ce en vain ?
Vous le boirez à ma louange.
Or, écoutez, chers auditeurs,
Puissants piliers de notre église,
Qu'en cinq ou six mots je vous dise
L'histoire de nos saints docteurs.

Un Dieu charmant venu sur terre
Chez nous importa le raisin
Et fidèle à son ministère
Nous fit goûter le jus divin.
À ce délicieux breuvage
L'homme prit goût, et pour le mieux
Crut qu'il devait en faire usage
À l'heureuse santé des cieux.

— Si vous lisez dans l'Écriture

Plus d'un grand exemple est cité ,

La vigne et sa verte parure

Sont en odeur de sainteté.

Pressurant la grappe vermeille ,

Noé pompait à plein gosier ;

Grand bien , dit-il , me fait la treille ,

Je veux la mettre en espalier.

Noé sentant branler sa tête ,

— Le vin lui montait au cerveau , —

Mit bas sa tunique de fête ,

Dépouille d'un puissant chameau ,

Et s'assoupit sous le feuillage.

L'histoire dit : À ce moment ,

Sans nul respect pour le jeune âge ,

— Les livres saints parlent crûment. —

Le patriarche en son ivresse

Fit voir..... mais chut ! à reculons

Sem et Japhet pleins de tendresse

Lui passèrent ses pantalons.

Voici David, fameux poète,

Fameux guerrier, fier Don Juan.

Ce roi superbe, un jour de fête,

Ayant trop bu de frontignan

Précédait l'arche tutélaire

Et pinçait un pas cancanier ;

À cet aspect, plein de colère

Soudain paraît son aumônier ;

Grand roi, dit-il, cette posture

Mérite qu'un municipal

Pour ce trop de désinvolture

Vous mette à la porte du bal !

Et si vous consultez l'histoire,

Chers auditeurs que voyez-vous?

Tous les peuples trouvent que boire

Est un passe-temps des plus doux.

Dans les fers l'esclave s'abreuve

De nectar avec ses vainqueurs,

Au fond du verre il voit la preuve

Que le vin réunit les cœurs;

Alexandre, guerrier farouche,

S'apaise au seul nom de Bacchus;

La coupe qu'il porte à la bouche

Contient le pardon des vaincus;

Mais, pour ne s'être mis en garde

Contre le vin et les amours,

Après avoir nocé trois jours,

Ce héros descendit la garde!

. . . .

J'adore Homère, et surtout quand

Il nous dépeint Ulysse, Achille,

Et tous les Grecs assis en rang,

Noyant leur colère et leur bile

Dans un amphore ou dans un broc !

Anacréon, peintre volage,

Me séduit par son badinage

Lorsqu'il parle du Languedoc.

Catule et le brillant Horace

Sont à leur aise en un festin ;

Virgile même, en bon latin,

Fait voir qu'il tient un peu de race.

Mais, avant tout, soyons Français ;

Le rire chez nous est de mode,

De nos repas il a l'accès,

Et la vertu s'en accommode.

Pour Prédicateur et Patron

Qui choisirai-je, et comment faire ?

Chaulieu, Parny, Collet, Piron,

Ont le mérite de me plaire.

Sous quel drapeau nous engager

Avant de clore la séance ?

Moi, je vote pour Béranger :

À lui le droit de présidence !

XI.

À LA LIBERTÉ.

Il est un nom sacré, plein d'attrait, de mystère,
Que pauvres et puissants invoquent sur la terre ;
Ce nom, il est écrit au fond de chaque cœur,
Et l'univers entier le dit avec bonheur ;
L'homme débile encore à peine vient de naître,
Et déjà le devine et voudrait le connaître ;

Si magique est pour tous ce nom de Liberté,

Don précieux que Dieu fit à l'Humanité.

Enfant, je l'appelais ; poète, je l'adore ;

La vie à ses rayons s'embellit, se colore ;

Notre âme se réveille et sourit à l'espoir,

Et l'horizon lointain nous apparaît moins noir.

Liberté chère à l'homme, ô ma belle maîtresse !

Guide partout mes pas, protége ma faiblesse,

Qu'inspirée à ta voix, ma Muse dans ses chants,

Soutien des malheureux, flagelle les méchants,

Salue avec respect une noble indigence

Et jette le mépris à l'indigne opulence !

XXX.

C'EST LA RETRAITE!

Adieu, charmante brune,
Nos beaux jours sont passés,
Il faut à la Fortune
Courir à pas pressés;

En dépit de mon âge,

Je dois être un Caton ;

Bien que d'esprit volage

Je suis mûr, me dit-on !

    Loin de toi dans mes songes,

Je verrai pas à pas

Défiler, doux mensonges,

Nos plaisirs, nos galas,

Et croirai dans ma couche

Retrouvant tes appas

Savourer sur ta bouche

Un baiser qui n'est pas !

XIII.

À UNE JEUNE FILLE.

Enfant, quand de tes jours la coupe est pleine encore,
Quand dans les jeux, les ris,
Gaîment coule ta vie, à peine à son aurore
Par des sentiers fleuris;

Et qu'un amant rempli d'une ardeur inquiète

Toujours veille sur toi.

Dis-moi, pourquoi rêver, pourquoi pencher la tête,

Jeune fille, pourquoi ?

Devant toi n'as-tu pas de nombreuses années,

Un joyeux avenir ?

Le printemps n'a-t-il plus de riantes journées,

De roses à t'offrir ?

Enfant, pour toi l'amour est-il un mot sans charmes,

Un mot vide de sens ?

Et n'as-tu pas souvent versé de douces larmes

À ses tendres accents ?

Crois-moi , c'est l'âge d'or. — Une belle jeunesse

Appelle les plaisirs,

Hâte-toi de jouir, avant que la vieillesse

Ne glace tes désirs !

J. DARCIER.

Nancy, le 10 Décembre 1858.

TABLE.

—

BOURBOUSSON.

Bar-le-Duc. — Imprimerie de Madame E. LAGUERRE.

www.ingramcontent.com/pod-product-compliance
Lightning Source LLC
Chambersburg PA
CBHW070758280626
47162CB00016B/1537